•Le avventure di Nicola•
La gatta persa

•Adventures with Nicholas•
The Missing Cat

Illustrated by
Chris L. Demarest

Berlitz Kids™
Berlitz Publishing Company, Inc.

Princeton, New Jersey   Mexico City, Mexico   Dublin, Ireland
Eschborn, Germany   Singapore, Singapore

Printed in Singapore

3 5 7 9 10 8 6 4 2

ISBN 2-8315-5744-5

Dear Parents,

One of the most enriching experiences a child can have is learning a new language. Young children love learning, and Berlitz makes learning a new language more fun than ever before.

In 1878, Professor Maximilian Berlitz had a revolutionary idea about making language learning accessible and enjoyable. These same principles are still successfully at work today. Developed by an experienced team of language experts and educators, Berlitz Kids products are based on our century-old commitment to excellence as well as on the latest research about teaching children a second language.

One of the great joys of parenting is learning and discovering by listening to stories with your child. This is the very best way for a child to acquire beginning knowledge of a second language. In fact, by about the age of four, many children enjoy hearing stories for as long as 15 minutes.

The materials you are holding in your hands—*Adventures with Nicholas*—are designed to introduce children to a second language in a positive, accessible, and enjoyable way. The eight episodes present foreign language words gradually. And the content and vocabulary have been carefully chosen to interest and involve your child. You can use the materials at home, of course. You can also use them in the car, on the bus, or anywhere at all.

On one side of the audio cassette your child will hear the stories with wonderful sound effects. On the other side, your child will sing along with the entertaining and memorable songs. The songs are not just fun. Language experts say that singing songs helps kids learn the sounds of a new language more easily. What's more, an audio dictionary helps your child learn pronunciations of important words.

As you listen to the stories, be sure to take your cues from your child. Above all, keep it fun.

Welcome!

The Editors at Berlitz Kids

1 Dov'è Principessa?

Where Is Princess?

Nicola ama la sua gatta.
Si chiama Principessa.

Nicholas loves his cat.
Her name is Princess.

"Oh, no!
Dov'è Principessa?"

"Oh, no!
Where is Princess?"

Giovanni è il fratello di Nicola.
"Ciao, Giovanni, dov'è
    Principessa?"
"Non lo so."

John is Nicholas's brother.
"Hi, John, where is Princess?"
"I don't know."

"Buon giorno, mamma. Dov'è Principessa?"
"Non lo so."

"Good morning, Mom. Where is Princess?"
"I don't know."

Maria è la sorella di Nicola.
"Ciao, Maria, dov'è Principessa?"
"Non lo so."

Maria is Nicholas's sister.
"Hi, Maria, where is Princess?"
"I don't know."

"Buon giorno, papà. Dov'è Principessa?" chiede
    Nicola.
"Non lo so. Andiamo a cercarla," dice il suo papà.
"Anch'io voglio andare," dice Maria.
Quindi, Nicola, Maria e il loro papà escono a cercare
    Principessa.

"Good morning, Dad. Where is Princess?" asks Nicholas.
"I don't know. Let's go look for her," says his dad.
"I want to go, too," says Maria.
So, Nicholas, Maria, and their dad go out to look for Princess.

② In cerca di Principessa

Looking for Princess

Nicola, Maria e il loro papà cercano Principessa.
"Principessa, dove sei?"
"Principessa, dove sei?"
"Principessa, dove sei?"

Nicholas, Maria, and their dad are looking for Princess.
"Princess, where are you?"
"Princess, where are you?"
"Princess, where are you?"

Cercano qua.

They look here.

Cercano là.

They look there.

Cercano dovunque.

They look everywhere.

Nicola non vede Principessa.
Ma vede il suo cibo.
"Ho fame," dice Nicola.
"Ho sete," dice il suo papà.
"Ho fame e sete," dice Maria.

Nicholas doesn't see Princess.
But he does see food!
"I'm hungry," says Nicholas.
"I'm thirsty," says his dad.
"I'm hungry and thirsty," says Maria.

"Vuoi una mela?"
"No, non voglio una mela," dice Nicola.
"Vuoi dell'uva?"
"No, non voglio dell'uva."

"Do you want an apple?"
"No. I don't want an apple," says Nicholas.
"Do you want some grapes?"
"No. I don't want any grapes."

14

"Cosa vuoi?"
"Voglio una banana!" dice Nicola.
"Mmm! Va bene. Grazie, papà!"
"Prego, Nicola!"

"What do you want?"
"I want a banana!" says Nicholas.
"Mmm! That's good. Thanks, Dad!"
"You're welcome, Nicholas!"

"Buon giorno. Cerco la mia gatta.
Si chiama Principessa.
Sa dov'è?"

"Hello. I'm looking for my cat.
Her name is Princess.
Do you know where she is?"

"Forse è laggiù."
"Papà, andiamo a cercare laggiù,"
    dice Nicola.
"Che bell'idea!" dicono il suo papà e Maria.
E vanno via.

"Maybe she's over there."
"Dad, let's look over there," says Nicholas.
"Good idea," say his dad and Maria.
And away they go.

16

3 Il disegno di Principessa

Princess's Picture

"Dai, Nicola.
Cerchiamo aiuto."
"La mia gatta si è persa," dice Nicola.
"Mi può aiutare, per favore?"

"Come on, Nicholas.
Let's get help."
"My cat is lost," says Nicholas.
Can you please help me?"

"Certo, posso aiutarti."
"È grande o piccola, la tua gatta, Nicola?"
"È piccola," dice Nicola.

"Sure, I can help you.
Is your cat big or little, Nicholas?"
"She's little," says Nicholas.

"È bianca?"
"No, non è bianca."

"Is she white?"
"No. She isn't white."

"È nera?"
"No, non è nera."

"Is she black?"
"No. She isn't black."

"È rosa?"
"No, non è rosa.
Principessa è arancione."

"Is she pink?"
"No, no! She isn't pink!"
Princess is orange."

"Sì, quella è Principessa. Grazie."
"Prego. Mettiamo i designi
    per tutta la città."
Ed è quello che fanno.

"Yes, that's Princess! Thank you!"
"You're welcome. Let's put these pictures
    all around the town."
And that's what they do.

4 Dieci disegni di Principessa

Ten Princesses

"Andiamo in biblioteca, papà.
Molta gente va in biblioteca."

*"Let's go to the library, Dad.
Lots of people go to the library."*

"Andiamo alla posta," dice il papà di Nicola.
"Molta gente va alla posta."
"D'accordo," dice Maria.

"Let's go to the post office," says Nicholas's dad.
"Lots of people go to the post office."
"That's right," says Maria.

"Andiamo all'albergo.
Molta gente va all'albergo."

*"Let's go to the hotel.
Lots of people go to the hotel."*

"Andiamo al negozio di generi alimentari
   e dal fornaio.
Ci va molta gente."

*"Let's go to the grocery store and the bakery.
Lots of people go there, too."*

Vanno per tutta la città.
"Grazie dell'aiuto," dice Nicola.
"Grazie tanto!" dice Maria.
"Prego."

They go all around the town.
"Thank you for helping," says Nicholas.
"Thank you very much!" says Maria.
"You're welcome!"

Nicola conta.
"Uno, due, tre, quattro, cinque,
   sei, sette, otto, nove, dieci.
Dieci disegni di Principessa!"
Nicola e Maria si sentono già meglio.

Nicholas counts.
"One, two, three, four, five,
   six, seven, eight, nine, ten.
Ten pictures of Princess!"
Nicholas and Maria feel better already.

5

Alla caserma dei pompieri

At the Firehouse

"Abbiamo un disegno in più.
Portiamolo alla caserma dei pompieri," dice Nicola.

*"We have one more picture.
Let's take it to the firehouse," says Nicholas.*

"Buon giorno. Può aiutarci?" chiede Nicola.

"C'è un'incendio?"

"No. Cerco la mia gatta."

"La tua gatta ha preso fuoco?"

"No, si è persa."

"Questo è il suo disegno,"
    dice il papà di Nicola.

"Hello. Can you help us?" asks Nicholas.
"Is there a fire?"
"No. I'm looking for my cat."
"Is your cat on fire?"
"No, she's lost."
"She looks like this," says Nicholas's dad.

"Hmmm. Vediamo.
Domenica, nessuna gatta.
Lunedì, nessuna gatta.

"Hmmm. Let me see.
On Sunday, no cat.
On Monday, no cat.

Martedì, nessuna gatta.
Mercoledì, nessuna gatta.
Giovedì, nessuna gatta.
Venerdì, nessuna gatta."

On Tuesday, no cat.
On Wednesday, no cat.
On Thursday, no cat.
On Friday, no cat."

"Oggi è sabato.
Oggi non c'è nessuna gatta.
Non c'è stata nessuna gatta tutta la settimana.
Mi dispiace. Non posso aiutarti.
Ma chiamami se vedi un incendio."

"Today is Saturday.
No cat today.
No cat all week.
I'm sorry. I can't help you.
But call me if you see a fire."

"Nessuno può trovare Principessa," dice Nicola.
"Principessa è ancora persa."
"Non cedere," dice papà.
"Non cedere," dice sua sorella.
Nicola sorride.
Ma pensa, "Mi manca sempre Principessa."

"No one can find Princess," says Nicholas.
"Princess is still lost."
"Don't give up," says his dad.
"Don't give up," says his sister.
Nicholas smiles.
But he thinks, "I still miss Princess."

Ricordi di Principessa

Remembering Princess

Nicola si ricorda della sua gatta.
"In primavera, a Principessa piacciono i fiori.
Lei gioca in giardino."

Nicholas remembers his cat.
"In the spring, Princess likes the flowers.
She plays in the garden."

"In estate, a Principessa piacciono i pesci.
Lei gioca vicino al laghetto.
Ma non le piace bagnarsi!"

*"In the summer, Princess likes the fish.
She plays by the pond.
But she doesn't like to get wet!"*

"In autunno, a Principessa piacciono
   le foglie.
Lei gioca sugli alberi."

"In the fall, she likes the leaves.
She plays in the trees."

"In inverno, a Principessa piace la neve.
Lei gioca con me."

*"In the winter, Princess likes the snow.
She plays with me."*

"Guardate chi viene!
E guardate che cosa porta!
Buon giorno. C'è Principessa lì dentro?"
   chiede Nicola.
"No, Nicola. Mi dispiace.
Non è Principessa."

"Look who's coming!
And look what he's carrying!
Hello. Is Princess in there?" asks Nicholas.
"No, Nicholas, I'm sorry.
It's not Princess."

"Ma ho un gatto.
È molto carino
    e ha bisogno di una famiglia.
Puoi prenderlo?"
"Sì, sì," dice Nicola.
E così Nicola ha
    un nuovo gatto.

*"But I do have a cat.
He's very cute,
    and he needs a home.
Can you take him in?"
"Yes, yes," says Nicholas.
And that is how Nicholas gets
    his new cat.*

7 Un gatto, due gatti

One Cat, Two Cats

Nicola chiama la mamma.
"Mamma! Guarda!
Abbiamo un nuovo gattino."
"Fantastico!" dice la mamma.
Nicola chiama suo fratello.
"Giovanni! Guarda!
 Abbiamo un nuovo gattino."
"Fantastico!" dice Giovanni.

Nicholas calls his mom.
"Mom! Look!
We have a new kitten."
"Great!" says Mom.
Nicholas calls his brother.
"John! Look!
We have a new kitten."
"Great!" says John.

Il gattino guarda da tutte
le parti della casa.
Gioca in cucina.
Corre tutt'intorno.
Trova del cibo.
"Gli piace," dice Nicola.

The kitten looks all around the house.
He plays in the kitchen.
He runs around and around.
He finds some food.
"He likes it," says Nicholas.

Il gattino gioca nel soggiorno.
Trova il suo letto.
"Gli piace," dice Nicola.

The kitten plays in the living room.
He finds his bed.
"He likes it," says Nicholas

Il gattino gioca nel bagno.
Corre su e giù.
Trova un topolino.
"Gli piace. Gli piace molto."

The kitten plays in the bathroom.
He runs up and down.
He finds a toy mouse.
"He likes it. He likes it a lot."

Il gattino gioca nella camera da letto.
Corre tutt'intorno,
  dentro e fuori,
  su e giù.
Guarda che cosa trova!

The kitten plays in the bedroom.
He runs around and around,
  in and out,
  and up and down.
Look what he finds!

Principessa!
"Principessa, ti voglio bene," dice Nicola.
"Anch'io ti voglio bene," dice Maria.
"Anch'io ti voglio bene," dice Giovanni.

Princess!
"Princess, I love you," says Nicholas.
"I love you, too," says Maria.
"I love you, too," says John.

"Guarda, mamma! Guarda, papà!
È Principessa!"
A Principessa piace il gattino.
Anche al gattino piace Principessa.
E Nicola si sente molto, molto felice.

"Look, Mom! Look, Dad!
It's Princess!"
Princess likes the kitten.
The kitten likes Princess, too.
And Nicholas feels very, very happy.

8 La festa

The Party

"Adesso abbiamo due gatti," dice Nicola.
"Festeggiamo!"
"Sì!" dice la mamma. "Facciamo una festa alle sette."

"Now we have two cats," says Nicholas.
"Let's celebrate!"
"Yes!" says Mom. "Let's have a party at seven o'clock."

"Papà, possiamo cominciare la festa adesso?"
   chiede Nicola.
"No, Nicola, sono soltanto le cinque.
La festa comincia fra due ore."

"Dad, can we start the party now?" asks Nicholas.
"No, Nicholas, it's only five o'clock.
The party starts in two hours."

"Maria, possiamo cominciare la festa adesso?"
"No, Nicola, sono soltanto le sei.
La festa comincia fra un'ora."

"Maria, can we start the party now?"
"No, Nicholas, it's only six o'clock.
The party starts in one hour."

"Urrà! Sono le sette.
È l'ora della festa!" dice Nicola.

*"Hooray! It's seven o'clock.
It's time for the party!" says Nicholas.*

"Posso avere un po' di gelato?" chiede Nicola.
"Anch'io?" chiede Giovanni.
"Sì," dice la mamma.
"Posso avere un po' di torta?" chiede Nicola.
"Anch'io?" chiede Giovanni.
"Sì," dice la mamma.

"May I have some ice cream?" asks Nicholas
"Me too?" asks John.
"Yes," says Mom.
"May I have some cake?" asks Nicholas.
"Me too?" asks John.
"Yes," says Mom.

"Che festa fantastica!" dice Maria.
"Siamo molto fortunati!" dice Nicola.
"Siamo una bella famiglia!"

"What a great party!" says Maria.
"We're so lucky!" says Nicholas.
"We're one big, happy family!"

Song Lyrics

Song to Accompany Story 1

Miao! *(Meow!)*

[Sung to the tune of "Oh Where, Oh Where Has My Little Dog Gone?"]

Oh dov'è, oh dov'è	*Oh where, oh where*
La mia gatta?	*Has my little cat gone?*
Oh dove, oh dove può essere?	*Oh where, oh where can she be?*
Con le orecchie corte	*With her ears so short,*
E la coda lunga,	*And her tail so long,*
È là sull'albero?	*I think she's up in a tree!*
MIAO!	*MEOW!*
Oh dov'è, oh dov'è	*Oh where, oh where*
La mia gatta?	*Has my little cat gone?*
Oh dove, oh dove può essere?	*Oh where, oh where can she be?*
Con le orecchie corte	*With her ears so short,*
E la coda lunga,	*And her tail so long,*
È sotto il tappetino?	*I think she's under the little rug!*
MIAO!	*MEOW!*
Oh dov'è, oh dov'è	*Oh where, oh where*
La mia gatta?	*Has my little cat gone?*
Oh dove, oh dove può essere?	*Oh where, oh where can she be?*
Con le orecchie corte	*With her ears so short,*
E la coda lunga,	*And her tail so long,*
Sta guidando la macchina?	*I think she's driving the car!*
CRASH!	*CRASH!*
Oh dov'è, oh dov'è	*Oh where, oh where*
La mia gatta	*Has my little cat gone?*
Oh dove, oh dove può essere?	*Oh where, oh where can she be?*
Con le orecchie corte	*With her ears so short,*
E la coda lunga,	*And her tail so long,*
È andata in alto mare?	*I think she went out to sea!*
EHILÀ!	*AHOY!*
Oh dov'è, oh dov'è	*Oh where, oh where*
La mia gatta?	*Has my little cat gone?*
Oh dove, oh dove può essere?	*Oh where, oh where can she be?*
Con le orecchie corte	*With her ears so short,*
E la coda lunga,	*And her tail so long,*
Dove può essere?	*Oh where, oh where can she be?*
MIAO!	*MEOW!*

La mia gattina *(My Kitten)*

[Sung to the tune of "The Cat and the Rat" (French Folk Song)]

La mia gattina ha fame.
Le piace mangiar banane.
Sale sugli alberi,
E le mangia in un boccon.

My kitten is a hungry cat.
She likes to eat bananas.
She climbs up into leafy trees,
And gobbles them right down.

Gnam, gnam, gnam, gnam,
Le piace mangiar banane.
Gnam, gnam, gnam, gnam,
E le mangia in un boccon.

Munch, munch, munch, munch,
She likes to eat bananas.
Munch, munch, munch, munch,
She gobbles them right down.

La mia gattina ha fame.
Le piace mangiar mele verdi.
Sale sugli alberi,
E le mangia in un boccon.

My kitten is a hungry cat.
She likes to eat green apples.
She climbs up into leafy trees,
And gobbles them right down.

Gnam, gnam, gnam, gnam,
Le piace mangiar mele verdi.
Gnam, gnam, gnam, gnam,
E le mangia in un boccon.

Munch, munch, munch, munch,
She likes to eat green apples.
Munch, munch, munch, munch,
She gobbles them right down.

La mia gattina ha fame.
Le piace mangiar arance.
Sale sugli alberi,
E le mangia in un boccon.

My kitten is a hungry cat.
She likes to eat fresh oranges.
She climbs up into leafy trees,
And gobbles them right down.

Gnam, gnam, gnam, gnam,
Le piace mangiar arance.
Gnam, gnam, gnam, gnam,
E le mangia in un boccon.

Munch, munch, munch, munch,
She likes to eat fresh oranges.
Munch, munch, munch, munch,
She gobbles them right down.

Cani rosa e mucche azzurre *(Pink Dogs and Blue Cows)*

[Sung to the tune of "My Bonnie Lies over the Ocean"]

Non credo ai cani rosa.
È così strano vederli.
Non credo ai cani rosa,
Ma quello mi sta guardando.

I never believed there were pink dogs.
They are such a strange sight to see.
I never believed there were pink dogs,
But that one is staring at me.

Bau, bau, bau, bau,
Un cane rosa mi guarda.
Bau, bau, bau, bau,
Un cane rosa mi guarda.

Ruff, ruff, ruff, ruff,
A pink dog is staring at me.
Ruff, ruff, ruff, ruff,
A pink dog is staring at me.

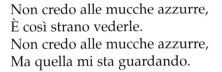

Non credo alle mucche azzurre,	*I never believed there were blue cows.*
È così strano vederle.	*They are such a strange sight to see.*
Non credo alle mucche azzurre,	*I never believed there were blue cows,*
Ma quella mi sta guardando.	*But that one is staring at me.*
Muu, muu, muu, muu,	*Moo, moo, moo, moo,*
Una mucca azzurra mi guarda.	*A blue cow is staring at me.*
Muu, muu, muu, muu,	*Moo, moo, moo, moo,*
Una mucca azzurra mi guarda.	*A blue cow is staring at me.*
Non credo ai cavalli verdi.	*I never believed in green horses.*
È così strano vederli.	*They are such a strange sight to see.*
Non credo ai cavalli verdi.	*I never believed in green horses,*
Ma quello mi sta guardando.	*But that one is staring at me.*
Hiii, hiii, hiii, hiii,	*Neigh, neigh, neigh, neigh,*
Un cavallo verde mi guarda.	*A green horse is staring at me.*
Hiii, hiii, hiii, hiii,	*Neigh, neigh, neigh, neigh,*
Un cavallo verde mi guarda.	*A green horse is staring at me.*

Song to Accompany Story 4

Pic pic *(Drip Drop)*

[Sung to the tune of "Little Bird at My Window" (German Folk Song)]

Pic pic. Pic pic.	*Drip drop. Drip drop.*
Pic pic. Pic pic.	*Drip drop. Drip drop.*
Guardiamo dalla finestra.	*Come and look out my window.*
Vedi quel che vedo io?	*Do you see what I see?*
Vedo cinque gocce di pioggia,	*I see five little raindrops,*
Che mi fan l'occhiolin.	*Winking back at me.*
[*Repeat with* quattro gocce di pioggia,	[Repeat with four little raindrops,
then tre, *then* due gocce di pioggia.]	then three, then two little raindrops.]
Guardiamo dalla finestra.	*Come and look out my window.*
Vedi quel che vedo io?	*Do you see what I see?*
Vedo una goccia di pioggia,	*I see one little raindrop,*
Che mi fan l'occhiolin.	*Winking back at me.*
Guardiamo dalla finestra.	*Come and look out my window.*
Vedi quel che vedo io?	*Do you see what I see?*
C'è un cielo di sole,	*There's a sky full of sunshine,*
Che brilla per me.	*Winking back at me.*
Giochiamo!	*Let's play!*

Cerco il mio gattino *(I'm Looking for My Kitten)*
[Sung to the tune of "Loop-ty Loo"]

Cerco il mio gattino.	*I'm looking for my kitten.*
Cerco il mio libro.	*I'm looking for my book.*
Cerco le mie matite.	*I'm looking for my pencils.*
Non so dove cercare.	*I don't know where to look.*
Lunedì, martedì, mercoledì,	*Monday, Tuesday, Wednesday,*
Giovedì, venerdì, sabato,	*Thursday, Friday, Saturday,*
Prima della domenica	*By Sunday there's*
C'è qualche cosa che perdo.	*Something I lose.*
Cerco la mia tartaruga.	*I'm looking for my turtle.*
Cerco la mia palla.	*I'm looking for my ball.*
Cerco i miei pastelli.	*I'm looking for my crayons.*
Non li vedo affatto.	*I don't see them at all.*
[Repeat chorus.]	[Repeat chorus.]
Cerco i miei guanti.	*I'm looking for my mittens.*
Cerco le mie scarpe.	*I'm looking for my shoes.*
Cerco mio fratello.	*I'm looking for my brother.*
Che altro posso perdere?	*What else can I lose?*
[Repeat chorus.]	[Repeat chorus.]

Primavera, estate, autunno, inverno
(Spring, Summer, Fall, Winter)
[Sung to the tune of "The More We Get Together" (German Folk Song)]

Ho fatto un regalo	*I gave a present*
Alla mamma, alla mamma.	*To Mom, to Mom.*
Ho fatto un regalo	*I gave a present*
Perché era primavera.	*Because it was spring.*
Le ho dato dei fiori,	*I gave her some flowers,*
Margherite e rose.	*Some daisies, and roses.*
Le ho fatto un regalo	*I gave a present*
Perché era primavera.	*Because it was spring.*
Ho fatto un regalo	*I gave a present*
Alla mamma, alla mamma.	*To Mom, to Mom.*
Ho fatto un regalo	*I gave a present*
Perché era estate.	*Because it was summer.*
Le ho dato delle pesche,	*I gave her some peaches,*
Ciliege e more.	*Some cherries, some berries.*
Le ho fatto un regalo	*I gave a present*
Perché era estate.	*Because it was summer.*

Ho fatto un regalo	*I gave a present*
Alla mamma, alla mamma.	*To Mom, to Mom.*
Ho fatto un regalo	*I gave a present*
Perché era autunno.	*Because it was fall.*
Le ho dato foglie rosse,	*I gave her red leaves,*
Foglie verdi, e arancioni.	*Green leaves, orange leaves.*
Le ho fatto un regalo	*I gave a present*
Perché era autunno.	*Because it was fall.*
Ho fatto un regalo	*I gave a present,*
Alla mamma, alla mamma	*To Mom, to Mom.*
Ho fatto un regalo	*I gave a present*
Perché era inverno.	*Because it was winter.*
Dei fiocchi di neve,	*Some snowflakes,*
Grandi e piccini.	*big ones, small ones.*
Le ho fatto un regalo	*I gave a present*
Perché era inverno.	*Because it was winter.*

Song to Accompany Story 7

Un gatto, due gatti *(One Cat, Two Cats)*
[Sung to the tune of "Where is Thumbkin?"]

Un gatto, due gatti,	*One cat, two cats,*
Vedi il nuovo gatto.	*See our new cat.*
Come gioca!	*How he plays!*
Che giornata!	*What a day!*
Corre in cucina.	*He runs around the kitchen.*
Corre sotto il letto.	*He runs under the bed.*
Oh, che buffo!	*Oh, what fun!*
Come corre!	*See him run!*
[Repeat chorus.]	[Repeat chorus.]
Corre nel bagno	*He runs around the bathroom.*
Corre nella stanza.	*He runs around the room.*
Oh, che buffo!	*Oh, what fun!*
Come corre!	*See him run!*
[Repeat chorus.]	[Repeat chorus.]
Corre in città.	*He runs around the city.*
E così carino.	*He looks so very pretty.*
Oh, che buffo!	*Oh, what fun!*
Come corre!	*See him run!*
Come corre!	*See him run!*

La mia festa *(My Party)*

[Sung to the tune of "El coquí" (Puerto Rican Folk Song)]

Eccoci qua alla festa,	*Here we are at the party,*
Siamo felicissimi.	*We're happy as happy can be.*
Eccoci qua alla festa.	*Here we are at the party.*
E tutti i miei amici son qui.	*And all of my friends are with me.*
Ecco la gatta.	*Here's the cat.*
Porta un cappello.	*She's wearing a hat.*
Eccoci qua alla festa,	*Here we are at the party,*
Siamo felicissimi.	*We're happy as happy can be.*
Eccoci qua alla festa.	*Here we are at the party.*
E tutti i miei amici son qui.	*And all of my friends are with me.*
Ecco il serpente.	*Here's the snake.*
Mangia più torta.	*He's eating more cake.*
Là c'è la gatta.	*There's the cat.*
Porta un cappello.	*She's wearing a hat.*
Eccoci qua alla festa,	*Here we are at the party,*
Siamo felicissimi.	*We're happy as happy can be.*
Eccoci qua alla festa.	*Here we are at the party.*
E tutti i miei amici son qui.	*And all of my friends are with me.*
Ecco il maiale.	*Here's the pig.*
Balla la giga.	*He's dancing a jig.*
Là c'è il serpente.	*There's the snake.*
Mangia più torta.	*He's eating more cake.*
Là c'è la gatta.	*There's the cat.*
Porta un cappello.	*She's wearing a hat.*
Eccoci qua alla festa,	*Here we are at the party,*
Siamo felicissimi.	*We're happy as happy can be.*
Eccoci qua alla festa.	*Here we are at the party.*
E tutti i miei amici son qui.	*And all of my friends are with me.*
Ecco il cavallo.	*Here's the horse.*
Canta, bene.	*He's singing, of course.*
Là c'è il maiale.	*There's the pig.*
Balla la giga.	*He's dancing a jig.*
Là c'è il serpente.	*There's the snake.*
Mangia più torta.	*He's eating more cake.*
Là c'è la gatta.	*There's the cat.*
Porta un cappello.	*She's wearing a hat.*
Eccoci qua alla festa,	*Here we are at the party,*
Siamo felicissimi.	*We're happy as happy can be.*
Eccoci qua alla festa.	*Here we are at the party.*
E tutti i miei amici son qui.	*And all of my friends are with me.*

English/Italian Picture Dictionary

Here are some of the people, places, and things that appear in this book.

apple
mela

bedroom
camera da letto

bakery
fornaio

book
libro

banana
banana

brother
fratello

bathroom
bagno

cake
torta

car
macchina

cat
gatta

cows
mucche

dad
papà

ears
orecchie

fall
autunno

fire
incendio

firehouse
caserma dei pompieri

fish
pesci

flowers
fiori

grapes
uva

ice cream
gelato

grocery store
negozio di generi alimentari

kitchen
cucina

hat
cappello

kitten
gattino

horses
cavalli

leaves
foglie

hotel
albergo

library
biblioteca

living room
soggiorno

pig
maiale

mom
mamma

pond
laghetto

oranges
arance

post office
posta

party
festa

present
regalo

people
gente

shoes
scarpe

sister
sorella

tail
coda

snake
serpente

town
città

snow
neve

trees
alberi

spring
primavera

turtle
tartaruga

summer
estate

winter
inverno

Word List

a
abbiamo
adesso
aiutarci
aiutare
aiutarti
aiuto
al
albergo
alberi
alla
alle
ama
anche
ancora
andare
andiamo
arancione
autunno
avere
avventure
bagnarsi
bagno
banana
bene
bianca
biblioteca
bisogno
buon
camera
carino
casa
caserma
cedere
cerca
cercano
cercare
cercarla
cerchiamo
cerco
certo
che
chi
chiama
chiamami

chiede
ci
ciao
cibo
cinque
città
comincia
cominciare
con
conta
corre
cosa
così
cucina
da
dai
dal
dei
del
della
dentro
di
dice
dicono
dieci
disegni
disegno
dispersa
dispiace
domenica
dove
dovunque
due
e
è
ed
escono
estate
facciamo
fame
famiglia
fanno
fantastica
fantastico
favore

felice
festa
festeggiamo
fiori
foglie
fornaio
forse
fortunati
fra
fratello
fuoco
fuori
gatta
gatti
gattino
gatto
gelato
gente
già
giardino
gioca
giorno
Giovanni
giovedì
giù
gli
grande
grazie
guarda
guardate
ha
ho
i
idea
il
in
incendio
inverno
la
là
laggiù
laghetto
le
lei
letto

lì
lo
loro
lunedì
ma
mamma
manca
Maria
martedì
me
meglio
mela
mercoledì
mettiamo
mi
mia
molta
molto
negozio
nel
nella
nera
nessuna
nessuno
neve
Nicola
no
non
nove
nuovo
o
oggi
oh
ora
ore
otto
papà
parti
pensa
per
persa
pesci
piacciono
piace
piccola

più
pompieri
porta
portiamolo
possiamo
posso
posta
prego
prenderlo
preso
primavera
Principessa
può
puoi
qua
quattro
quella
quello
questo
quindi
ricorda
ricordi
rosa
sa
sabato
se
sei
sempre
sente
sentono
sete
sette
settimana
si
sì
siamo
so
soggiorno
soltanto
sono
sorella
sorride
stata
su
sua

sugli
suo
tanto
ti
topolino
torta
tre
trova
trovare
tua
tutta
tutte
un
una
uno
urrà
uva
va
vanno
vede
vedi
vediamo
venerdì
via
vicino
viene
voglio
vuoi

anch'io
buon giorno
c'è
d'accordo
dov'è
generi
  alimentari
per favore
po' di
tutt'intorno